Jürgen Hembd

Opa erzählt weiter

Teil 2: Über das tägliche Leben,
über Ausbildung, Beruf
und die Familiengründung

Herstellung und Verlag
BoD – Books on Demand
Norderstedt 2013
ISBN: 978-3-7322-3778-4

für

Andreas,

Patrick

und

Silke

Das Umschlagbild zeigt Ingrid Rückert und Jürgen
Hembd in der ersten Hälfte der 60er Jahre

Vorwort

Wikipedia, die freie Enzyklopädie, enthält einen längeren Eintrag über *Biografiearbeit,* deren Ziele und Methodik. Sozusagen hinterher erst habe ich nach dem Studium dieser Ausführungen erfahren, was ich da vorher eigentlich getan hatte. Im Grunde genommen hatte ich nach bestem Vermögen lediglich vorgegebene Fragen aus einem persönlichen *Geschenkbuch zum Ausfüllen* beantwortet. Dabei handelte es sich laut Covertext um einen *Familienschatz, der die Erinnerungen des Großvaters bewahrt.*
Gewiss, es ging mir dabei nicht nur um einen bloßen Bericht des persönlich Erlebten, sondern ich habe meine Erinnerungen mit einer guten Prise Nachdenkens gewürzt um die ganze Angelegenheit schmackhaft zu machen – als Appetitanreger!
Ich habe staunend einige Wesenszüge an mir selbst bloßgestellt und am Ende darunter gelitten, dass ich den Menschen, die mit mir verwandt waren, Verantwortung für mich trugen oder sich als meine Freunde betrachteten, nur schwer gerecht werden konnte. Wie beurteile ich überhaupt angemessen Menschen und Ereignisse und, mittendrin, mich selbst? Wäre ich wirklich bereit, in Bezug auf meine eigene Person dieselben Maßstäbe wie bei den Anderen zuzulassen oder möchte ich selbst mit sanfterer Elle gemessen werden? Wer bin ich überhaupt?

Jürgen Hembd, im Frühjahr 2013

Opa erzählt über das tägliche Leben in seiner Familie sowie über Ausbildung und Beruf

01. Wie verlief ein ganz normaler Tag in Eurer Familie?

In den Jahren 1941 bis 1947 lebte ich mit meiner Mutter allein zur Untermiete in Schöneberg, bei den Menzendorfs, in der Ebersstraße 39,Vorderhaus, 1. Stock Mitte, im Zimmer auf der rechten Seite.
Mein Vater war bis Kriegsende Soldat und danach deutscher Kriegsgefangener in amerikanischem Gewahrsam in Frankreich im Raume Paris. Das bedeutete, dass ich die ersten entscheidenden sechs Jahre bei meiner allein erziehenden Mutter aufwuchs.
Im Erdgeschoss des Miethauses befand sich *Ernst Stahls* Milchgeschäft. Er war mein Patenonkel. Ganz früh morgens wurden die Milchkannen laut hörbar vors Geschäft gerollt. Da die Schule bei Vormittagsunterricht morgens um acht begann, werde ich mich wohl gegen 07.30 auf den Weg gemacht haben; denn ich musste auf dem Weg zur Grundschule geradeaus durch die Ebersstrasse, dann nach links durch die Albertstrasse und, wieder nach rechts, ein Stück durch die Feurigstrasse ziehen.
Es kam vor, dass ich nach der Schule einen meiner Schulfreunde besuchte und danach trat ich den Rückmarsch an. Vielleicht habe ich zuhause *Schönschrift* geübt. Leider kann ich nicht mehr sagen, womit ich mir die Zeit vertrieb und wann ich eine warme Mahlzeit, diesmal von meiner Mutter, bekam. Ich vermute, es war eher abends.

Der Schulweg wurde länger, als ich ab 1953 die Fritz-Haber-Oberschule Technischen Zweiges am Tempelhofer Weg besuchte. Da musste ich von der Belziger Strasse 50 bis zum Rudolph-Wilde-Platz vor dem Rathaus Schöneberg pilgern, dann, vorbei an den Trümmerfrauen, die Dominicusstrasse bis zum Sachsendamm entlang laufen und hinter den S-Bahnbrücken links in den Tempelhofer Weg einschwenken. Dort erhielten wir in der Zweiten Grossen Pause Schulspeisung, die uns an langen Tischen, aus großen Bottichen geschöpft, in unser mitgebrachtes Essgeschirr geschüttet wurde. In der Belziger Strasse hatte ich Kontakt zu anderen Kindern aus dem Haus und wir spielten häufig auf der Strasse.
Ich hielt mich nur selten in fremden Wohnungen auf.
Mir machte die Schule Spaß, weil ich Erfolg hatte, einen Dauererfolg, den ich mir durch Fleiß und Zielstrebigkeit relativ mühelos verdienen konnte.
Eines Tages sollte ich beim Bäcker in der Coburger Straße Brot einkaufen. Zuhause angekommen, stellte ich mit Entsetzen fest, dass mir die Lebensmittelkarte mit den Marken für den Rest des Monats abhanden gekommen war. Ein ehrlicher Finder jedoch überbrachte sie uns am Abend und meine Mutter gab ihm zur Belohnung einige Marken ab. Lebensmittel waren nach dem Krieg lange Zeit rationiert und für den Schwarzen Markt hatten wir einfach zu wenig Geld. Außerdem durfte man sich dort nicht erwischen lassen!
Es könnte 1956 oder 1957 gewesen sein, als wir ungebetenen Besuch von der Kripo bekamen. Mein Vater arbeitete seinerzeit als Dekorateur und Polsterer bei der U.S. Army und fuhr überwiegend mit dem Fahrrad hinaus nach Zehlendorf. Eines Tages

unterhielt er sich nach Dienstschluss auf der Strasse mit einem Kollegen, der zwielichtige Geschäfte in Richtung Zigarettenschmuggel betrieb. Mein Vater geriet in Verdacht, mit ihm unter einer Decke zu stecken. Er wurde festgenommen, beteuerte seine Unschuld, aber eine Wohnungsdurchsuchung war unabwendbar. Auch *meine* Habseligkeiten wurden (erfolglos) durchsucht und ich empfand diesen Vorgang als einen unentschuldbaren Eingriff in meine Privatsphäre!

02. Zu welcher Uhrzeit seid Ihr aufgestanden und wann musstet Ihr zu Bett gehen?

An den Schultagen werde ich vermutlich um 06.30 Uhr aufgestanden sein. Vielleicht habe ich in den Ferien ein wenig länger im Bett gelegen, aber ich bin seit jeher ein Frühaufsteher!
Unmittelbar nach dem Kriege werde ich in der dunkleren Jahreszeit meist „mit den Hühnern" ins Bett gegangen sein; denn wir mussten regelmäßige Stromsperren über uns ergehen lassen und dann wurde es duster. Ich glaube, wir kochten damals mit Gas, aber auch hier mussten wir mit Einschränkungen rechnen.
Sooft und solange meine Mutter als Reinigungskraft arbeitete, musste sie sehr früh aufstehen und daher ebenfalls früh ins Bett kriechen. Ihre Berufstätigkeit war meine Geburtsstunde als Schlüsselkind!
Wir lebten sehr bescheiden – aber immerhin hatten wir einander – meine Mutter und ich! Auch als mein Vater 1947 aus der Kriegsgefangenschaft zurückkehrte, änderte sich an unseren kärglichen Verhältnisse wenig;

denn er musste zum Dekorateur umgeschult werden. Glücklicherweise fand er danach eine Stellung in der Polsterwerkstatt von Roeder & Breuer, damals noch in der Kolonnenstraße in Schöneberg.

03. Was habt Ihr abends zu Hause gemacht?

Ich muss mit einer Gegenfrage anfangen: was tust *Du*, wenn Du nach der Schule mit *mir* zu tun hast?
Ich hole Dich oft um 16 Uhr ab und bringe Dich an feststehenden Tagen anschließend zum Fußballtraining. Manchmal fahren wir zur Oma ins Seniorenhaus Lerchenweg. Bei mir zu Hause angekommen, bereite ich Dir Dein Abendbrot vor. Du liebst Bratkartoffeln, Du magst Eierkuchen. Danach sitzt Du oft ab 19.20 Uhr vor dem Fernseher und um 20.15 Uhr ist nach dem Zähneputzen der lange Tag für Dich zu Ende.
Während *meiner* Grundschulzeit habe ich *nicht* Fußball gespielt und das Fernsehen kam erst viel später auf. Ich besaß *kein* Musikinstrument. Meine Großmütter habe ich nur selten besucht und keine von ihnen lebte in einem Seniorenheim, nicht einmal zeitweilig. Da ich mich an nichts mehr so richtig erinnern kann, scheint meine Kindheit nicht sehr erlebnisintensiv gewesen zu sein.

04. Was war für Dich der schönste Tag der Woche – und warum?

Bis zu meiner Pensionierung im Jahre 2006 war mir eigentlich stets der Freitagnachmittag der schönste Abschnitt der Woche. Jedes Mal freute ich mich auf ein langes erholsames Wochenende. Der Sonntagabend war dagegen schon wieder recht ernüchternd und fade und versetzte mich in Aufbruchsstimmung.

Ich könnte mir vorstellen, dass mir als Kind und auch als Jugendlicher die Wochentage zwischen Montag und Freitag am liebsten waren, weil mir der tägliche Pflichtenkatalog Aufgaben stellte und Abwechslung brachte.

Heute mache ich zwischen den sieben Tagen der Woche keine so großen Unterschiede mehr, weil mein Leben als Pensionär in einem ruhigeren Zeitmaß verläuft und mich alle meine selbstgewählten Aufgaben gleichermaßen erfüllen. Manchmal muss ich erst intensiv überlegen, an welchem Wochentag ich denn morgens aufgewacht bin und fühle Dankbarkeit in mir, dass ich mich nicht mehr ständig beweisen muss!

05. Wo ist Deine Mutter einkaufen gegangen? Hast Du sie manchmal begleitet?

Als wir in die Belziger Straße zogen, hat mich meine Mutter oft zum Einkaufen geschickt.
In der Eisenacher Straße Richtung Barbarossastrasse gab es den Tante-Emma-Laden der Frau Pauls. Supermärkte waren damals noch unbekannt. Frau Pauls stand mit aufgekrempelten Ärmeln hinter dem Ladentisch, wog die gewünschte Warenmenge an Butter, Wurst oder Käse auf einer mechanischen Waage ab, schrieb den Preis aufs Papier und wickelte das Gekaufte ein. Die meisten abgepackten Lebensmittel wie Zucker und Mehl standen hinter ihr im Regal, so dass sie diese mit einem Griff nach hinten hervorzauberte. Frische Milch schöpfte sie mit einer

Messkelle aus dem Milchkübel hinter dem Ladentisch und füllte sie in die von den Kunden mitgebrachten Milchkannen. Ich glaube, sie hatte auch ein kleines Sortiment an Obst und Gemüse.
Wir bezahlten stets in bar, aber es gab auch Kunden, die bis zum Monatsersten „anschreiben" ließen.
Schräg gegenüber hatte der Fischhändler seinen Laden. Der Fisch lag gekühlt auf Eisblöcken und wurde je nach Wunsch geköpft und ausgenommen. Meine Mutter war Expertin für Brathering mit Röstkartoffeln. Ihre selbst eingelegten Bratheringe mit Zwiebelringen und Lorbeerblättern schmeckten zu Bratkartoffeln richtig gut!
Da wir keinen Kühlschrank hatten, mussten frisches Fleisch und Fisch umgehend verwertet werden.
Schräg gegenüber der Hauptpost war in der Belziger Straße auch ein Bäcker, bei dem ich regelmäßig einkaufte. Es war mir ganz schön peinlich, als ich in Folge eines Schwächeanfalls einmal mit meiner Milchkanne die Glasscheibe vor der Auslage zerschmetterte.
Im Grunde genommen deckten diese drei Läden bereits einen Großteil unseres Grundbedarfes an Nahrungsmitteln ab.
Meine Mutter war eine ausgezeichnete Köchin mit einer Vorliebe für gute Hausmannskost.

06. Weißt Du noch, wie viel damals ein Brot kostete?

Ich weiß leider nicht mehr, wie viel damals ein 1000-Gramm-Brot kostete. Für die Schrippe würde ich im Nachhinein 4 Pfennige veranschlagen und ab 17 Uhr erhielt man zwei Streusselschnecken zum Preis von einer. Verglichen mit den heutigen Preisen bezahlten wir damals etwa ein Zehntel.

07. Was war früher Deine Lieblingsspeise? Was isst Du heute am liebsten?

Jahrelang kochte meine Mutter herzhafte Brühnudeln für mich, die ich offenbar immer bereitwillig und gerne aß. Im Laufe der Zeit aber hatte sich mein Geschmack sehr zum Leidwesen und Unverständnis meiner Mutter geändert.
Ich mochte Hülsenfrüchte aller Art mit weich gekochten Speckschwarten darin und liebte Buletten mit „Quetschkartoffeln" und brauner Soße. Die Soßen meiner Mutter waren Legende!
Pizza war damals unbekannt und ebenso sämtliche Kost aus der Tiefkühltruhe. Tomaten-Ketchup erschien erst sehr spät auf unserm Speisefahrplan.

Als Grundnahrungsmittel sind mir bis heute Kartoffeln, Nudeln und Reis fast gleichermaßen lieb. Rotkohl und Sauerkraut mag ich besonders gern. Mit Vorliebe gehe ich „indisch" essen, weil ich scharf gewürzte Speisen mag. Von Zeit zu Zeit stürze ich mich auf eine Currywurst.
In meiner Obstschale finden sich ständig Äpfel, Bananen und kernlose Weintrauben.
Ich trinke von morgens bis abends Früchtetee.
Natürlich mag ich gelegentlich ein Glas Rotwein oder ein Bier, aber da ich mein Übergewicht weiter abbauen will, muss ich mich künftig insgesamt kalorienärmer ernähren!

08. Wie hat Deine Mutter früher den Haushalt geführt, ohne über all die Möglichkeiten zu verfügen, die es heute gibt?

Beginnen wir mit dem *Kühlschrank*. Leicht verderbliche und rohe Lebensmittel mussten schnell verarbeitet bzw. aufgebraucht werden. Damals konnte meine Mutter nichts einfrieren, so dass sie alles sehr genau portionieren musste und nichts Verderbliches übrig bleiben durfte. Vorratshaltung war also erschwert. In seiner Laube hat mein Vater später ein Erdloch, seinen *Eiskeller*, als Frischhaltestation gebuddelt.
In meiner Jugend hatten wir keine *Waschmaschine*. Meine Mutter setzte bei Bedarf einen großen Bottich auf den Herd und hatte ein Waschbrett, das sie in den Ausguss stellte. Als Deine Oma und ich 1968 heirateten, gingen wir in der Bahnhofstraße in Lichtenrade regelmäßig in einen Waschsalon und „rollten" dort zu zweit unsere Bettwäsche, bevor diese zu Hause mit dem Bügeleisen geplättet wurde.
Meine Eltern verfügten über kein *Auto als Transportmittel*, so dass buchstäblich alles per pedes herangeschleppt werden musste.
Sie benutzte einen *Quirl* oder einen *Schneebesen* und tat vieles „von Hand". Wir verwendeten damals *Mehrwegflaschen* und unsere *Speisekammer* mussten wir regelmäßig auf Vordermann bringen, da wir ja anfangs nichts einfrieren konnten. „*Eisgekühlte Coca Cola, Coca Cola eisgekühlt…*" war also lange Zeit nichts als ein Wunschtraum!
Gibt es übrigens heute noch Milch in einer ½-Liter-Packung oder ein viertel Pfund Butter?

09. Hatte Deine Mutter einen festen Tag für die jeweiligen Arbeiten im Haushalt?

Das kann ich wirklich nicht mehr sagen!
Meine Mutter war sehr gut organisiert und hielt ihren Haushalt tiptop in Schuss! Nie stapelte sich der Abwasch und ich glaube, sie war mit dem Staublappen permanent unterwegs. Jedes Ding hatte seinen Platz und da wir nie viel Wohnraum zur Verfügung hatten, gab es keinen Trödelkram auf den Schränken oder unter den Betten! Wir besaßen nicht viel, lebten sehr ökonomisch und fühlten uns daher in einer bestimmten Weise *frei*!

10. Wann habt Ihr die ersten elektrischen Geräte bekommen?

Auch hier verlässt mich mein Gedächtnis!
Als ich Kind war, besaß *Paul Hecker*, unser Frisör auf der Straßenseite gegenüber, eine mechanische Haarschneidemaschine, die er mit seiner rechten Hand wie eine Schere bediente. Meine Nackenhaare entfernte er mit einem geschliffenen Messer. Meine Zähne habe ich nie anders als mit einer einfachen Zahnbürste von Hand geputzt. Schlagsahne wurde mit einem Schneebesen geschlagen und Kuchenteig mit einem Quirl geduldig gerührt, bis er sämig war.
Als Deine Oma und ich heirateten, leisteten wir uns 1968 eine **elektrische Brotschneidemaschine**, die noch heute in Betrieb ist und damals von Freunden als Zeichen beachtlichen Fortschritts bestaunt wurde. Uns fehlen, auch wenn wir uns diese eigentlich stets hätten leisten können, bis heute von vielen Hausfrauen als

wichtig erachtete elektrische Geräte und unser Haushalt könnte durchaus als rückständig oder gar provinziell beschrieben werden. Unser Geschirrspüler, zum Beispiel, steht seit jeher auf zwei Beinen! Mich ficht diese Art Selbstbescheidung jedoch überhaupt nicht an!

11. Was habt Ihr unter der Woche normalerweise gegessen?

Solange ich Schulspeisung erhielt, genügte vermutlich diese eine warme Mahlzeit pro Tag.
Da meine Mutter immer wieder zur Arbeit ging, kochte sie notgedrungen vor und deshalb gab es später oft Eintopfgerichte – vor allem Hülsenfrüchte (mit Fleischbeilage), die ich nur aufzuwärmen brauchte. Ich denke, sie hat mich oft nach meinen Speisewünschen gefragt und das, was ich dazu brauchte, bereitgestellt. Da ich bis zum heutigen Tag solide Hausmannskost bevorzuge, möchte ich rückschließend vermuten, dass es damals nicht anders war.

12. Was war Dein Lieblingsgericht? Was mochtest Du überhaupt nicht?

Ich mochte weder Milchnudeln noch Kakao. Reis mit Zucker, Zimt und ausgelassener Butter ließ ich mir gern gefallen. Ich verabscheute jegliche Innereien wie z.B. Leber und vor allem ranziges fettes Fleisch. Forelle brachte ich selbst als Student nur filettiert hinunter. Ich mochte nichts essen, dessen Zusammensetzung ich nicht genau kannte. Fischstäbchen und Würstchen aller Art erschienen mir daher schon immer verdächtig.

Diese Abneigung wurde später in mir bestärkt, als ich als junger Bankkaufmann in einer Spandauer Fleischfabrik zwischen abhängenden Schweine- und Rinderhälften und Gulaschkanonen Zessionen prüfen musste.
Seit jeher bevorzuge ich weißes Fleisch, also Huhn oder Fisch, verabscheue jedoch „Früchte des Meeres".

13. Was war ein richtiges Festessen für Eure Familie?

Heute wie damals esse ich sehr gern Gulasch mit Nudeln ebenso wie Königsberger Klopse mit einer großen Portion Kapern. Oder Kohlrouladen mit Kartoffeln oder gefüllte Paprikaschoten.
Als Nachtisch würde mir Vanillepudding mit Himbeersoße gefallen. Oder eine Götterspeise, also Wackelpudding.
Ich glaube, so ungefähr sah damals eines unserer „Festessen" aus. Wir aßen gern einfach und deftig. Wir waren keine Feinschmecker, wussten aber, wie eine gute Soße schmecken muss!

**14. Seid Ihr früher auch mal auswärts essen gegangen?
Wo seid Ihr dann hingegangen?**

Ich glaube, das erste Restaurant mit Mittagstisch habe ich erst während meiner Lehrzeit bei der Commerzbank in der Depositenkasse P 15 am Kaiser-Wilhelm-Platz im Jahre 1957 kennen gelernt. Dort in der Nähe, an der Haupt- Ecke Albertstraße, lösten wir unsere

Essensmarken ein und konnten dann wohl wochentags zwischen zwei Gerichten wählen. Na, ja…
Im dritten Lehrjahr, ab 1959, aß ich oft in der Kantine des Hauptgeschäftes Potsdamer- Ecke Bülowstraße. „Mixed Grill" stand dort auf der Speisekarte. Das aß ich gern, aber natürlich nicht jeden Tag!
In der Belziger Straße könnte es gewesen sein, so Mitte der 50er Jahre. Im Nachbarhaus hatte für kurze Zeit eine Fischbraterei eröffnet. *„Wie bei Muttern"*. Dort waren wir zu dritt einmal essen: gebratener Fisch mit Bratkartoffeln oder Kartoffelsalat oder so ähnlich. Ich hatte bei solchen Anlässen immer ein schlechtes Gewissen; denn ich kannte die chronisch angespannte finanzielle Situation meiner Eltern und fragte mich insgeheim, ob es nicht preiswerter gewesen wäre, wenn wir einfach und bescheiden zu Hause gegessen hätten.

15. Gab es früher genauso viele Restaurants wie heutzutage?

Zwischen Kriegsende und dem Beginn des Wirtschaftswunders sicherlich nicht! Das trifft auch auf die mittlerweile gängigen Fastfood-Ketten zu.
Seit dem Jahre 2006 leite ich unter dem Dach der evangelischen Kirchengemeinde Mariendorf eine Kultur- und Wandergruppe für Senioren und da wir zweimal im Monat nach dem jeweiligen Ende unserer Wanderungen oder Besichtigungen einkehren, muss ich per Internet vorher recherchieren, wo und welche Restaurants es in den einzelnen Stadtteilen Berlins gibt.

Bezogen auf unsere Wohnung im Nebelhornweg kann ich im Umkreis von maximal zwei Kilometern auf Anhieb vier italienische, ein kroatisches, ein mexikanisches und ein indisches Restaurant aufzählen. Daneben gibt es noch mindestens zwei Möglichkeiten, deutsche Küche zu genießen. Prospekte werben für mehrere Betriebe mit Lieferservice außer Haus. Es gibt mindestens *ein* Fastfood-Restaurant, mehrere Grillstuben und Imbißbuden.

Die Tiefkühltruhen der Supermärkte ersetzen mit ihren vorgefertigten Menuangeboten halbwegs jedes Restaurant, ohne freilich das notwendige Ambiente mitliefern zu können.

Restaurants sind wie Pilze aus dem Boden geschossen und führen mich zu der Frage, wie und weshalb sie existieren können. Wird in den Familien heutzutage weniger gekocht und ist es für einen Single-Haushalt zu umständlich, abwechslungsreiche Kleinportionen hervorzuzaubern? Seit einiger Zeit habe ich Freude am experimentellen Kochen und Backen gefunden und dabei erfahren, dass ich für nur wenig Geld gut über die Runden komme, solange ich dabei zubereitetes Essen einfriere und meinen Menuplan strategisch angehe.

Ich liebe einen selbstgedeckten Tisch im Lichte einer Kerze und in bunten Farben und freue mich über jedes mir gelungene Essen!

16. Was ist Deiner Meinung nach der größte Unterschied zwischen dem alltäglichen Leben früher und heute?

Ich möchte mich auf drei Gesichtspunkte beschränken:

Information, Kommunikation und *Mobilität.*
Wenn ich früher ins Kino ging, so lief vor dem Hauptfilm meist die *Fox Tönende Wochenschau*, in der uns in schwarz-weiß-Bildern und mit knorrigem Kommentar auf der Leinwand präsentiert wurde, welche als wichtig erachteten Dinge sich in den beiden Wochen zuvor im In- und Ausland so ereignet hatten. Natürlich gab es für den Privathaushalt regelmäßige Radionachrichten und auch die Zeitungen berichteten tagtäglich über aktuelle Ereignisse. Als „wir" 1954 in Bern Fußball-Weltmeister wurden, erfuhren wir dies in einer faszinierenden Direktübertragung des Rundfunks. Es gab schließlich noch kein Fernsehen!
Heute erleben wir oft zeitgleich, was überall geschieht und können per Mausklick oder mit der Fernbedienung aus entsprechenden Quellen spontan abrufen, was uns gemäß Vorauswahl der Medien präsentiert wird.
Der Halbzeitwert von Nachrichten ist meines Erachtens jedoch deutlich zurückgegangen.
Das Internet versetzt mich heute in die Lage, unter vorgegebenen Begriffen in Sekundenschnelle zu recherchieren und mich ständig auf den neuesten Informationsstand zu bringen. Der Nachrichtenfluss hat sich enorm beschleunigt und lässt Nachschlagewerke schon bei Drucklegung alt aussehen.
Die Nachrichtenfülle zwingt freilich zur Auswahl um einer Reizüberflutung zu entgehen.
Ich kann mich schnell und umfassend unterrichten. Ob ich alle Informationen auch durchschauen, einordnen und bewerten kann, steht dagegen auf einem anderen Blatt! Leider berichtet vor allem die Regenbogenpresse ständig über dieselben Prominenten und suggeriert

dem Leser, dass diese den Nabel der Welt darstellten und das Maß aller Dinge seien.
Die Unterhaltungsbranche wird von nur wenigen Darstellern beherrscht, die sich ständig selbst feiern. Deren Lebensäußerungen jedoch werden gnadenlos durchleuchtet und dabei kommt oft heraus, dass ihnen jeglicher Vorbildcharakter fehlt. Dies hat bei mir zu einem Sättigungsgrad mit abflauendem Interesse und deutlicher Begeisterungsmüdigkeit geführt.

In den 50er Jahren habe ich mit anderen Menschen im persönlichen Gespräch direkt kommunizieren müssen oder ihnen handschriftlich Post geschrieben. Vor 1968 besaß meine Familie nämlich kein Telefon! Wichtige Botschaften konnte ich allerdings aus der gelben Telefonzelle für 20 Pfennige absetzen, sofern der Empfänger überhaupt noch oder schon wieder einen Telefonanschluß besaß und erreichbar war. Bei Eilbotschaften gab es die Möglichkeit, am Postschalter ein Telegramm aufzugeben.
Seit einigen Jahren besitze ich ein Handy und benutze es auch gelegentlich für Notrufe. Unser Telefon zu Hause hat einen Anrufbeantworter und ausgesprochen gern korrespondiere ich inzwischen per E-Mail. In die Geheimnisse, erfolgreich eine SMS zu verschicken, müsste ich allerdings noch eingeweiht werden. Natürlich habe ich das Briefeschreiben noch nicht verlernt, aber ich hantiere – ehrlich gesagt – inzwischen aus verschiedenen Gründen viel lieber mit dem PC als mit dem Kugelschreiber!

Ein Zehnjähriger hat heutzutage per PKW, Bus, Bahn, Schiff oder Flugzeug vermutlich mehrere Länder und

Kontinente bereist und ist mit Sicherheit in seinem Heimatland und in der Region, in der er lebt, viel herumgekommen. Das liegt daran, dass die Mobilität zugenommen hat und heute für den gesunden Menschen mit genügend Geld in der Tasche eine Selbstverständlichkeit geworden ist.

In den Kriegswirren waren meine Mutter und ich im Zuge von vorbeugenden Evakuierungsmaßnahmen oft zu unseren Tanten nach Görlitz gefahren, weil wir uns dort sicherer fühlten als im bombardierten Berlin. Das waren freilich keine Erholungsreisen! Zum ersten Male in meinem Leben fuhr ich 1955 für DM 10,00 im Führerhaus eines *Bolle*-Milchtankwagens nach *Dorfmark* bei Fallingbostel mit, in der Lüneburger Heide gelegen. Damals war ich vierzehn und verlebte drei Wochen auf dem Gutshof derer *von Pander*!

Meine nächsten Reisen waren sämtlich so genannte „Westwanderfahrten" der evangelischen Jugend von Alt-Schöneberg und 1956 eine Schülerfahrt zur Burg Rothenfels am Main.

„Richtig" gereist bin ich erst ab 1967 nach unserer Verlobung. Da war ich immerhin schon 36 Jahre alt!

17. Was aus dem täglichen Leben früher vermisst Du heute?

Ich denke, in der Nachkriegszeit war mein Leben eher beschaulich und weniger hektisch als heute. Wir konnten zum Beispiel relativ gefahrlos auf der Straße Treibeball spielen.

Wie kommt es, dass ich mich an die *Filmbühne Sylvia* in der Schöneberger Hauptstraße, das *Luna* am Kaiser-Wilhelm-Platz, das *Colonna* in der Kolonnenstraße und an die *Tonburg* und den gegenüber liegenden *Filmhof* am Ende der Belziger Straße noch so genau erinnern kann? Für mich war damals ein Kinobesuch ein Fest, das ich sehr intensiv erlebte und wodurch ich einen Blick vor allem nach Hollywood werfen konnte. Ich bin fest davon überzeugt, dass mich viele Western-Filme und deren Hauptdarsteller wie John Wayne oder Errol Flynn stark geprägt haben; der Bösewicht musste büßen, der Gutmensch ging aus dem Drama als bewundernswerter Held hervor!

Es ist die Erlebnisintensität von damals, die ich heute viel seltener an mir erlebe. Das mag meinem Alter, meiner Lebenserfahrung oder aber auch der allgemeinen Reizüberflutung geschuldet sein.

Das tägliche Leben war damals der Nährboden meiner Zukunftsträume. Es macht schon einen Unterschied, ob man in Fahrtrichtung blickt oder zurück!

Insgesamt möchte ich meine Jugendzeit aber keineswegs nostalgisch verklären, sondern mich der biblischen Weisheit anschließen, dass alles seine Zeit habe.

18. Wann war Dein erster Schultag? Wie alt warst Du da? Wie hieß Deine Volksschule?

Mein erster Schultag war der 1. September 1947. Da war ich 6,3 Jahre alt. Ich besuchte als Schüler der Klasse 1c die 10. Volksschule des Bezirks Schöneberg, an der ich sechs Jahre blieb.

19. Wie bist Du jeden Tag zur Schule gekommen? Wurdest Du von Deinen Eltern dort hingebracht?

Ich will nicht ausschließen, dass mir meine Mutter anfangs den Schulweg eintrichterte und bin sicher, dass sie es alsbald mir selbst überließ, mit dieser Herausforderung klarzukommen. Da wir Ende der 40er Jahre von der Ebersstraße 39 in die Belziger Straße 50 umzogen, veränderte sich mein Schulweg, dürfte aber in beiden Fällen in ungefähr zwanzig Minuten zu bewältigen gewesen sein.
Es gab damals vor meiner Grundschule kein Verkehrschaos. Pkws konnten sich dort nicht stauen, da diese noch nicht in hinreichender Zahl vorhanden waren.
Ich glaube, ich habe mich schon sehr früh relativ selbständig entwickeln müssen, bin kaum an die Hand genommen worden und hätte mich auch kaum führen lassen!
Andererseits wussten meine Eltern, dass sie sich auf mich verlassen konnten.
Mit unseren eigenen Kindern haben wir es später anders gehalten. Beide wurden zu ihren Eltern-Kind-Gruppen und während der ersten Grundschuljahre auch zur Schule gefahren. Haben wir ihnen weniger zugetraut?

**20. Wie viele Kinder waren in Deiner Klasse?
Neben wem hast Du immer gesessen?
Wer waren Deine besten Freunde?
Hast Du immer noch Kontakt zu ihnen?**

Mein Foto aus der Grundschulzeit zeigt 47 Schüler in unserer Klasse. So, wie ich mich einschätze, habe ich immer irgendwo hinten in der Ecke gesessen. Neben wem - das weiß ich nicht mehr. Ich erinnere mich lediglich an drei Namen von Mitschülern aus der Grundschulzeit, von denen mit mir später jedoch keiner auf die 2. Oberschule Technischen Zweiges (Fritz-Haber-Schule) am Tempelhofer Weg übergegangen ist. Es hat später niemals Klassentreffen meiner alten Grundschulklasse gegeben und ich habe jeglichen Kontakt zu meinen damaligen Mitschülern verloren, weil ich ihn nämlich nie suchte! Ich bin auch niemandem mehr zufällig irgendwo begegnet!
Klassentreffen halte ich ohnehin für problematisch, sofern sie nicht unter einem bestimmten Thema stehen. Es wird am Anfang viel geprahlt, es werden gemeinhin alte Klassenfotos herumgereicht, immer wieder dieselben Anekdoten aufgetischt und die gute alte Zeit wird beschworen. Es ist immer schwer, jemanden von damals „abzuholen", weil man mit ihm nicht mehr dieselbe Erlebniswelt teilt.
Verhält es sich da bei Freundschaften anders, wenn sie zu einer Fernbeziehung geworden sind?

21. Wie ist damals entschieden worden, auf welche Schule Du gehen wirst? Konntest Du das mitbestimmen?

Mein Klassenlehrer aus der letzten Phase der Grundschulzeit hat meine Eltern damals persönlich aufgesucht und ihnen empfohlen, mich auf das Gymnasium zu schicken. Meine Eltern haben diese Idee verworfen, weil die von mir angestrebte spätere Mittlere Reife bereits genügend sozialer „Fortschritt" sei. Mein Vater legte mir dar, ich stamme aus einer Familie kleiner Leute, sollte dies nie vergessen und später vorzugsweise Bierbrauer werden, weil dieser Beruf krisensicher sei. Bier werde schließlich immer getrunken!
Mein Vater hat in scheinbar scherzhaftem Ton gelegentlich geäußert, meine Eltern würden mich schon beizeiten aus dem Hause werfen, damit ich auf eigenen Füßen stehen lernte. Vermutlich meinte er, dass damit allen am Besten gedient sei. Am Ende kam es ein wenig anders!
Einem erweiterten Schulbesuch standen zwei Hindernisse im Wege: erstens glaubten sich meine Eltern finanziell nicht in der Lage, einen längeren als den als zwingend erachteten Schulbesuch zu finanzieren und zweitens sahen sie im Abitur überhaupt keine erstrebenswerte Notwendigkeit.
Ich glaube, ich habe ihre Entscheidung damals einfach hingenommen und mir über ihre Ansichten von akademischem Luxus nicht weiter den Kopf zerbrochen.
Als ich erwachsen war und das Elternhaus verlassen hatte, war ich meinen Eltern im Nachhinein für ihren

Widerstand und für manche Gleichgültigkeit meiner beruflichen Zukunft gegenüber dankbar; denn ich hatte die Entschlossenheit entwickelt, das Heft persönlich in die Hand zu nehmen und mich selbstgewählten Herausforderungen zu stellen! Meine Seele mag entrüstet gewesen sein, aber mein Wille war nicht gebrochen! Ich hatte eine Zielmarke: ich wollte das Abendabitur nachholen, studieren und Gymnasiallehrer werden. Mehr nicht, aber weniger auch nicht!

22. Wie sah ein normaler Schultag aus? Wann begann der Unterricht?

Am Anfang hatten wir in der Grundschule Schichtunterricht, d.h. alternierend vormittags und nachmittags – vermutlich im wöchentlichen Wechsel. Berlin war stark kriegszerstört und litt unter Raumnot – besonders auch im öffentlichen Bereich! Durch den Schichtunterricht wurde der vorhandene Raum optimal genutzt und während der Heizperiode waren die Räume auch am Nachmittag noch relativ warm.
In der Regel begann der Unterricht auch schon damals um 8 Uhr und dauerte täglich sechs Schulstunden. Es galten das Prinzip der Koedukation und der 45-Minuten-Takt für eine Unterrichtsstunde. Mit anderen Worten: der Vormittagsunterricht endete wohl um 13.20 Uhr und viele von uns Schlüsselkindern waren anschließend nachmittags sich selbst überlassen. Solange es Schulspeisung gab, hatten wir allerdings mittags wenigstens etwas im Magen.
Wir hatten auch am Samstag Schule!
An Klassenreisen war damals nicht zu denken! Ich vermute, dass es Wandertage gab, kann aber nicht

mehr sagen, wohin die Reise jeweils ging. Unsere Lehrer schienen uns in der Mehrzahl uralt. Daneben tauchten aber auch jüngere Lehrkräfte auf, die per Schnellverfahren Lehrerseminare durchlaufen hatten. Frontalunterricht war durchgängiges Unterrichtsprinzip. Medien und Unterrichtsmaterial waren rar.
Als ich 1970 als Referendar in den Berliner Schuldienst eintrat, war der vierstündige samstägliche Unterricht noch immer die Regel. Später fand er nur noch alle zwei Wochen statt, bis er schließlich abgeschafft wurde. Dafür erhöhte sich dann das Stundenpensum unter der Woche!

23. Was hat Dir an der Schule am Besten gefallen? Hattest Du eine Lieblingslehrerin bzw. einen Lieblingslehrer?

Die Schule war mein tägliches Korsett – Beschäftigung, Herausforderung und Lernprozess zugleich! Das Lernpensum fiel mir nie schwer und obwohl ich hinten saß, waren meine Leistungen vorn angesiedelt. Ich würde mich auch noch im Nachhinein eher als Außenseiter im jeweiligen Klassenverband beschreiben und es wäre gelogen, würde ich behaupten, dass mir meine Klassenkameraden sonderlich viel bedeutet hätten. Ich hatte kaum Feinde und nur wenige Freunde. Seit frühester Jugend bin ich zu anderen Menschen auf Distanz gegangen und bei dieser Haltung konnte ich nicht erwarten, von den Anderen umarmt zu werden! Immer wieder habe ich mich gefragt, ob es die Anderen mit ihrer Zuwendung mir gegenüber wirklich ernst meinten. Frühere Klassenkameraden aus der Oberschulzeit berichteten mir beim ersten

Klassentreffen nach 37 Jahren, also 1994, dass ich damals immer „über den Wolken geschwebt" sei. War ich also ein „Außerirdischer"? Seltsamerweise war ich gewählter Klassensprecher und als Schulsprecher saß ich als „Abgeordneter" im Berliner Schülerparlament, das damals im Plenarsaal des Rathauses Schöneberg tagte. Gern hätte ich mich dort auch einmal mit einer glühenden Rede hervorgetan, aber ich war zu schüchtern und fühlte mich den Gymnasiasten rhetorisch haushoch unterlegen.

Ich organisierte den Verkauf von Schulmilch und dramatisierte die Erzählung „Der Richter" von Ernst Wiechert. Wir führten dieses Stück unter meiner Regie in der Schule auf. Zugegeben, es war ein gutes Stück Selbstinszenierung! Ich übernahm ferner die Planung und Durchführung einer Faschingsfeier in der Schulaula und sammelte 1956 unter der Schülerschaft Geld zur Unterstützung der aufständischen Ungarn.

In der 10. Klasse unternahm *Herr Mahrenholz*, unser Kunstlehrer, mit uns eine Herbstreise zur DJH Burg Rothenfels am Main. *Frau Bethgenhagen*, die Mutter einer Klassenkameradin, begleitete uns. Am vorletzten Abend zogen wir ins nächste Dorf und sprachen dem Apfelmost gehörig zu. „Mari" hatte wirklich zu tief ins Glas geguckt und beim Rückweg hakte ich ihn sicherheitshalber unter und verfrachtete ihn ins Bett. Er schlief mit sechs unserer Jungen im *Blauen Saal.* Nachts machte sich der Apfelmost gehörig bei mir bemerkbar und ich wunderte mich insgeheim, dass die Jungentoilette gar nicht so weit entfernt war, wie ich es in Erinnerung hatte. Morgens erhob sich dann ein mörderisches Spektakel. Mit krebsrotem Kopf schrie und tobte *Mari* in unserm Zimmer und bezichtigte, im

Verlaufe seines Veitstanzes wieder nüchtern geworden, meinen ahnungslosen Klassenkameraden *Dietrich*, ihm nachts in hinterhältigster Weise in die Tasche seiner Jacke gepinkelt zu haben, die immer noch in der Raummitte am Haken einer Säule hing. Dietrich war völlig verdattert, weil er nicht wusste, wie ihm geschah. *Mir* hingegen hätte niemand einen derartigen Frevel zugetraut und keiner bemerkte, wie ich mich voller Scham unter der Bettdecke verbarg!

Ich habe 1994 in einer launigen Rede beim ersten Klassentreffen nach langer Zeit diese peinliche Begebenheit gebeichtet und hatte für mindestens jenen Abend einen neuen Spitznamen weg, den ich hier jedoch nicht verraten möchte! Weder Dietrich noch die Anderen konnten sich an diesen peinlichen Vorfall erinnern und so war die ganze Sache schnell abgehakt.

In der Grundschule war es unser sehr engagierter junger Klassenlehrer, an den ich mich gern erinnere: *Klaus Prescher*.

In der Oberschule imponierten mir Herr *Rychlewski*, einer unserer Klassenlehrer, und Herr *Gerch*, unser Mathematiklehrer. Beide waren kompetent und jeder wusste, dass *sie* es waren, die im Unterricht den Hut auf hatten. Später habe ich Letzteren während meiner Ausbildung zum Bankkaufmann gelegentlich am Schalter bedient.

Das Gleiche gilt für unsern späteren Schulleiter, Herrn *Hanschmann*, der uns als Klassenlehrer gekonnt und auf hohem Niveau Englisch beibrachte.

Ich schätzte immer solche Lehrer, die hinter dem standen, was sie sagten und sagten, was sie wollten. Hinter jenen, die sich kontrollierten, uns forderten und förderten und die sich unaufgeregt durchsetzen konnten, weil sie Sicherheit, Ruhe und Autorität ausstrahlten.

24. Welche Fächer von damals werden heute nicht mehr unterrichtet?

In der vierten Klasse war ich in *Heimatkunde* gut. Meine *Handschrift* war befriedigend. *Nadelarbeit* war unserer Klasse offenbar nicht erteilt worden.
In der dritten Klasse fehlten mir Noten in *Hauswirtschaft* und *Raumlehre*. Letzteres Fach war wohl Geometrie.
Übrigens wurde mein Handschrift bis zur sechsten Klasse bewertet! Sehr froh bin ich darüber, dass ich als Erwachsener die Prüfung zum Rettungsschwimmer bestanden habe, da meine Leistung im *Schwimmen* in der sechsten Klasse als *nicht genügend* bewertet wurde.
Trotz seiner Schüchternheit gelangt Jürgen zu guten Leistungen – so beurteilte mich Klaus Prescher am Ende der sechsten Klasse (31.03.1953) ganz allgemein. Da war ich gerade noch elf Jahre alt.

25. Bist Du nach der Volksschule auf eine weiterführende Schule gegangen? Welche war das?

Natürlich war mit der sechsjährigen Grundschule meine Schulpflicht noch längst nicht erfüllt. Ich hatte bis zur Mittleren Reife noch vier Jahre vor mir. Damals gab es drei unterschiedliche Arten von weiterführenden Schulen:

1. Die *Oberschule praktischen Zweiges;* sie führte zum Hauptschulabschluss.
2. Die *Oberschule Technischen Zweiges;* sie führte zur Mittleren Reife, dem *Einjährigen*. Die *Fritz-Haber-Schule* am Tempelhofer Weg wurde meine weiterführende Schule und hier besuchte ich den sprachlichen Zweig. Meine einzige Fremdsprache war und blieb jedoch Englisch.
3. Die *Oberschule Wissenschaftlichen Zweiges*; sie führte als Gymnasium zum Abitur und dauerte zu unterschiedlichen Zeiten mal 12, mal 13 Jahre.

Bei unserem durchlässigen Schulsystem hätte ich nach Abschluss der 10. Klasse durchaus aufs Gymnasium übergehen können, aber diese Option schied weiterhin aus. Das Unterrichtsniveau auf meiner Schule empfand ich als hoch und während meiner Ausbildungszeit bei der Bank geschah etwas Kurioses: alle Mittelschüler bestanden die Lehrabschlußprüfung auf Anhieb, während die drei (adligen) Abiturienten durchfielen. Das war sicherlich eine Verkettung unglücklicher Umstände und ist nun, nach mehr als einem halben Jahrhundert, nur noch Episode!

26. Was für einen Schulabschluß hast Du gemacht?
Hast Du eine Lehre gemacht?

Zunächst erwarb ich 1957 die *Mittlere Reife*. Ich erinnere mich an mehrstündige Arbeiten, die dafür in den Hauptfächern zu schreiben waren. Das war ein Vorgeschmack auf spätere Klausuren. Mit meinem recht ansehnlichen Abschlusszeugnis konnte ich mich um eine Lehrstelle bewerben, die ich am 01. April 1957 mit noch 15 Jahren bei der Berliner Commerzbank antrat. Da wir in der *P 15* keine Maschinenbuchhaltung hatten, musste ich nach 1¾ Jahren für 3 Monate zur Depositenkasse an der Gedächtniskirche wechseln. Danach ging's ins Hauptgeschäft Potsdamer-Ecke Bülowstraße.

27. Hast Du studiert? Wo war das?

Nach meinem Geschmack war die Tätigkeit eines Bankkaufmannes ein dröges Geschäft. Ich wollte die Studienratslaufbahn einschlagen. Aber ohne Abitur? Also begann ich nach meiner Lehrabschlußprüfung im Frühjahr 1960 mit der Abendschule und besuchte *Gabbes Lehranstalten* am Rüdesheimer Platz. Im Zuge der Studentenunruhen und deren Nachwirkungen musste diese Privatschule ihre Pforten schließen.
Der Lehrstoff eines Schuljahres wurde dort in einem halben Zeitjahr erarbeitet. Für das Pensum der Klassen 10 bis 13 hätte ich also für monatlich 40 DM Schulgeld zwei Jahre benötigt. Tagsüber war ich als Kontoführer im Hauptgeschäft der Berliner Commerzbank tätig und pilgerte dann nach Dienstschluss um 17 Uhr über die Hauptstraße und die Wexstraße und einige weitere Straßenzüge zum Rüdesheimer Platz, wo montags bis freitags um 18 Uhr mein „Schultag" begann. Um 22.15 Uhr war der Unterricht zu Ende und ich fuhr mit der U-Bahn nach Hause, wo ich irgendwann zwischen 23 Uhr und Mitternacht noch etwas aß. Ich hielt diese Tortur zunächst 1½ Jahre lang durch, musste dann aber wegen physischer Erschöpfung ein halbes Jahr Pause einlegen. Danach eignete ich mir das Unterrichtspensum der 13. Klasse an und wurde zum

Abitur zugelassen. Da ich aber vor allem in Französisch und in Mathematik große Lücken hatte, wiederholte ich die 13. Klasse freiwillig. Ende 1962 waren meine Leistungen in beiden Fächern jedoch immer noch mangelhaft. Aus diesem Grunde kündigte ich zur Verblüffung meines Arbeitgebers meine feste Stelle bei der Commerzbank und bereitete mich zu Hause intensiv auf die insgesamt vier schriftlichen Prüfungen vor, die ich schließlich alle bestand. An weiteren zwei mündlichen Prüfungstagen musste ich mich neun mündlichen Prüfungen unterziehen und am Ende hatte ich in Französisch ein „Befriedigend" und in Mathematik ein „Gut" erreicht. Mir war dieses Erlebnis eine wichtige Erfahrung, die mich lehrte, dass wir mit einem klaren Ziel vor Augen und viel Fleiß eine Menge erreichen können, sofern unsere Talente dafür ausreichen.

Mit dem Klavierspiel sollte mir später ein ähnlicher Erfolg leider nicht gelingen, da bei so vielen Tönen in der rechten und in der linken Hand einschließlich der Vorzeichen und unterschiedlichen Tonlängen die Koordination in meinem Gehirn aussetzt. Mir fehlt im landläufigen Sinne die Begabung dafür. Schade!

Obwohl ich 36 Jahre lang Englisch unterrichtet habe, halte ich meine fremdsprachlichen Talente ebenfalls für eher mäßig. Ich habe es überhaupt auf *keinem* Gebiet je zur Meisterschaft gebracht, obwohl es mir an Fleiß und Motivation in unterschiedlichsten Bereichen überhaupt nicht mangelt!

Ich bin zwar vielseitig interessiert, jedoch überall nur Mittelklasse!

1963 legte ich an der Hermann-Ehlers-Oberschule in Berlin-Steglitz die externe Abiturprüfung mit einem mäßigen Durchschnitt von 3,0 ab und der Weg zu meinem ersehnten Universitätsstudium der Geschichte und Anglistik an der FU war frei!

Halt, nicht ganz! Da ich für mein Geschichtsstudium Lateinkenntnisse in einer Klausur zwecks Zulassung zum Hauptseminar nachweisen musste, ging ich zurück zu Gabbe's und nahm für einen Freundschaftspreis Unterricht in Latein. Das Lernen dieser Sprache hat mich viel Zeit und Energien gekostet!

Selten wurde mir so viel träges Wissen eingetrichtert wie an der Universität, aber ich musste es eben hinnehmen!

28. Wie hattest Du Deine erste Arbeitsstelle gefunden?

Es war für uns im Jahre 1957 gar nicht so einfach, eine Lehrstelle zu ergattern! Ich erinnere mich an Klassenkameraden, die aus Verzweiflung bei der BePo, der Bereitschaftspolizei, anheuerten.

Der Schritt ins berufliche Leben setzt nach meinem Verständnis voraus, dass wir zuvor erkunden, was wir selbst *wollen* und was wir *können*. Mir war später nie so recht klar, warum sich die meisten meiner Schüler dagegen sperrten, mit der *Berufsberatung* ins Gespräch zu kommen um sich zu informieren. Als wir noch sonnabends Schule hatten, habe ich wochenlang Eltern dazu eingeladen, uns anhand einer Kriterienliste aus ihren Berufen zu berichten. Ich hatte auf diesem Wege die Berufsberatung sozusagen durch die Hintertür in die Schule geholt.

29. Wie kam Deine Berufswahl zustande? Musstest Du Bewerbungsbriefe schreiben oder funktionierte das damals anders?

Meine erste Berufswahl traf ich sozusagen im „Ausscheidungsverfahren", wobei für einen Mittelschüler die Auswahl ohnehin eher begrenzt war. Nur kein technischer Beruf! Nur kein Beruf in der Bau- oder in der Hotelbranche! Nichts mit Medizin! Ein kaufmännischer Beruf sollte her!

Am liebsten wäre ich 1957 zur Post gegangen und hätte hinter dem Schalter Briefmarken verkauft. Die Post zahlte nämlich am besten. Aber sie nahm mich nicht! Ich bewarb mich anschließend brieflich erfolglos bei mehreren Banken, Versicherungen und Industrieunternehmen – und am Ende hatte ich ein sonderbares Glück! Die Berliner Commerzbank lud mich zu einer Prüfung ein, schickte mich zum Vertrauensarzt und gab mir eine Lehrstelle. Mein Lehrlingsgehalt sollte in den einzelnen Lehrjahren DM 70,00, 90,00 und 130,00 betragen.

Vom ersten Tage an wusste ich, dass die folgenden 5 bis 6 Berufsjahre nur eine Zwischenstation auf dem Weg zur heimlichen Erlangung meines heiß ersehnten externen Abiturs waren – damals noch *Reifeprüfung* genannt.

Es hat übrigens Zeiten gegeben, da konnte niemand mit mangelhaften Deutschkenntnissen das Abitur erreichen – er wäre dafür einfach nicht „reif" gewesen!

**30. Bewarben sich Frauen und Männer auf dieselben Stellen oder gab es typische Männer- und Frauenberufe?
Wurden Frauen und Männer am Arbeitsplatz gleich behandelt?**

Unter den etwa 20 Lehrlingen in meinem Jahrgang gab es damals nur eine einzige Frau namens *Elke-Marie*. Elke-Marie war ein wenig älter als ich. Sie mochte mich, aber ich schien dies in ihren Augen nicht genügend zu würdigen.
Viele meiner ehemaligen Klassenkameradinnen wurden in kaufmännischen Berufen tätig oder, im weitesten Sinne, im Dienstleistungsbereich.
Noch gab es kein Gleichberechtigungsgesetz, keine Polizistinnen, keine Soldatinnen. Viele Berufe für Mittelschüler waren reine Männerdomänen, obwohl in den beiden Weltkriegen gerade die Frauen bewiesen hatten, dass sie ihren Mann stehen konnten!
Die Frage, ob damals Frauen und Männer am Arbeitsplatz gleich behandelt wurden, suggeriert, als wäre Gleichbehandlung am Arbeitsplatz heutzutage eine Selbstverständlichkeit. Sie suggeriert ferner, als würde der Billiglohnsektor keineswegs weitgehend Frauen vorbehalten sein!
Männer und Frauen werden niemals gleich*artig* sein, aber sie sind doch gleich*rangig* – wenigstens auf dem Papier und auch gleich*berechtigt*, zumindest gemäß allen sozialpolitischen Lippenbekenntnissen!

31. Welchen Rat in Sachen Arbeit würdest Du mir gerne mit auf den Weg geben?

Ich wollte beruflich mit Menschen zu tun haben. Dies hätte ich als Arzt, Lehrer, Pfarrer oder Soldat tun können. Ich entschied mich für den Lehrberuf. Das nämlich glaubte ich zu können. Da fühlte ich mich am ehesten auf sicherem Boden!
Ich entschied mich, Englisch und Geschichte zu unterrichten. Irgendwie wollte ich das!
Mein Beruf bot mir später materielle Sicherheit und ein Einkommen, mit dem ich auskommen konnte.
Ich war bereit mich zu engagieren und mehr zu tun als es der „Dienst nach Vorschrift" von mir verlangt hätte.
Ich sollte später Freude an meinem Beruf haben und war niemals dazu bereit, mir diese Freude nehmen zu lassen!
Mein Beruf bot mir ein hohes Maß an Unabhängigkeit und kam meinem Wunsch nach Eigenständigkeit, Verantwortung und der Herstellung eines menschlichen Beziehungsgeflechtes sehr stark entgegen. Ich war bereit zu erklären, anzuleiten, zu führen. Die Tätigkeit als Jugendgruppenleiter in Alt-Schöneberg war eine nützliche praktische Vorbereitung auf meinen späteren Beruf gewesen!
Habe ich ihn innerlich bis heute wirklich aufgegeben?
Ich habe an mir erfahren, dass es notwendig ist, herauszufinden, worin unsere *Neigungen* und vor allem unsere *Fähigkeiten* bestehen. Wichtig erscheint mir die tägliche *positive Einstimmung* auf das, was uns erwarten könnte und *freudig* an die Arbeit zu gehen!
Als großes Glück habe ich es empfunden, dass mich

der berufliche Ehrgeiz niemals innerlich zerfressen hat und mir die Freiheit gegeben war, auf mir mehrfach angebotene Beförderungsstellen zu verzichten. Einfach so! Ich habe mich nie vorgedrängelt und nie krampfhaft nach Funktionsstellen gesucht. Viel öfter habe ich seltsamerweise gewusst, was ich *nicht* wollte als dass mir klar war, wohin die berufliche Reise gehen müsse.- Oft habe ich mir die Frage gestellt: *Was tust Du hier eigentlich?* Glaube bitte nicht, dass es auf diese Frage jemals einfache Antworten für mich gegeben hätte!

Ich war gelassen genug, mich so wenig wie möglich unter Erfolgszwang zu setzen und versagte es mir, mich mit Angelegenheiten zu beschäftigen, die mich nerven würden.

Heute kann ich es mir nach meiner Pensionierung in meiner neu gewonnenen Freiheit sogar leisten, nur noch mit Menschen und Dingen umzugehen, von denen ich glaube, dass sie mir gut tun. Ich war aber auch schon *blind*, habe ich doch mitunter tatsächlich nur das *Bild* geliebt, das ich mir von einem Menschen gemacht habe – ohne hinter die Fassade zu blicken.

32. Wenn Du damals die Möglichkeit gehabt hättest, Teilzeit zu arbeiten, ein Sabbatjahr einzulegen oder ein Jahr Vaterschaftsurlaub zu nehmen, hättest Du davon Gebrauch gemacht?

Ein zweifaches *Nein* und ein *Vielleicht*!
Deine Oma und Dein Opa haben beide gern gearbeitet und dabei kaum je auf die Uhr geschaut, weil wir eben an unseren Aufgaben hingen. Deine Oma arbeitete als Sozialpädagogin und sowohl bei ihrer Arbeit mit

Jugendlichen als auch später mit Senioren war ihr voller Einsatz gefragt. Dieser Einsatz brauchte von ihr nicht erst eingefordert zu werden, sondern sie wollte ihn unbedingt freiwillig bringen. Mir selbst ging es als Gymnasiallehrer nicht anders! Die Schüler spüren sehr genau, ob Du Deinen Beruf gerne ausübst, Dich intensiv vorbereitest, zuverlässig bist und ob sie etwas bei Dir lernen können.

Ich wollte niemals Millionär werden oder in Saus und Braus leben, aber eine Teilzeitstelle hätte unser Einkommen derart geschmälert, dass wir ständig hätten rechnen und auf vieles verzichten müssen – zum Beispiel auf unsere ausgedehnten Reisen, von denen wir in unserer Erinnerung immer noch zehren. Meine Pension wäre heute übrigens sehr viel niedriger und ich müsste mir ständig Gedanken darüber machen, wie ich Omas Heimplatz mitfinanzieren sollte.

Professoren erhalten in regelmäßigen Abständen ein bezahltes Freisemester – für Schullehrer gibt es dies nicht. Ich gebe es ehrlich zu, dass ich nie wieder so viel Fachliteratur studiert habe wie in meinem Referendariat! Ein Sabbatjahr wäre für mich nur von Interesse gewesen, wenn ich dabei Dinge gelernt hätte, die ich weder an der Universität noch in der Vorbereitungszeit mitbekommen habe. Dazu gehören zum Beispiel psychologische Fragestellungen oder Schulung der Sprechtechnik.

Ein sinnvoll angelegtes Sabbatjahr erfordert vermutlich eine enorme Selbstdisziplin, wenn es inhaltlich etwas bringen soll.

Ein Vaterschaftsurlaub hätte unser Familienbudget gleichfalls sehr stark geschmälert. Wir hätten ständig rechnen müssen! Aus diesem Grunde ist *Deine Oma*

nach der Geburt unseres zweiten Kindes, Deines Onkels, für sechs Jahre in unbezahlten Urlaub gegangen, sie, die viel weniger verdiente als ich. Sie spielte ihre Rolle als Mutter außerdem viel besser als ich es als Vater je hätte tun können!
Ich habe Dir bereits erzählt, dass ich in sehr bescheidenen Verhältnissen groß geworden bin und ich schäme mich nicht zuzugeben, dass ich nach meinem Studium endlich ein Leben führen wollte, das mich nie mehr zwang jeden Pfennig umzudrehen. Davon profitierten letztlich auch unsere Kinder.

Opa erzählt über die Familiengründung

33. Wo und wie hat man früher Mädchen kennen gelernt?

In der Schule. In der Tanzschule. In der Berufsschule. In der Abendschule. An der Arbeitsstelle. An der Universität. In der Jungen Gemeinde. Im Sportverein. In der Disco. Durch Freunde. Per Zufall!
Wenn ich aus eigener Erfahrung sprechen darf, so konnte man Mädchen oder junge Frauen immer dort kennen lernen, wo man ständig mit ihnen zusammenkam.
Auf gar keinen Fall jedoch wie heutzutage per Internet! Na klar, Zeitungsannoncen wären noch ein Sonderweg gewesen.

34. Hast Du andere Freundinnen gehabt, bevor Du Oma getroffen hast?

Na klar! Ich will die Antwort Deiner nächsten, noch ungestellten, Frage gleich vorweg nehmen: Sie hießen Elke-Marie und Ursula und Hannelore. Das hättest Du doch wissen wollen – oder?

Elke-Marie, ein wenig älter als ich, fand mich zwar sympathisch, aber als ich sie zu einem Jugendkonzert einlud und gleich meine ganze Jungengruppe aus Alt-Schöneberg mitbrachte, erkannte sie meine völlige Blödheit und Unreife und es war ein für allemal aus zwischen uns Beiden. Sie strafte mich fortan mit unverhohlener Verachtung.

Ursula war eine Brieffreundin aus Wuppertal, aber ich konnte ja nicht zu jedem Rendezvous nach Westdeutschland fliegen! Und ich bezweifle, dass es heiße Liebe geworden wäre.

Hannelore, die letztgenannte junge Dame, empfand mich nach einiger Zeit wohl als eine Schnecke, die viel zu langsam und vorsichtig aus ihrem Gehäuse kroch.

Nein, ich war weder ein Draufgänger noch ein feuriger Liebhaber! Das fand auch Renate, mit der ich für einige Wochen befreundet war, nachdem sich Deine Oma nach einiger Zeit für ungefähr anderthalb Jahre von mir getrennt hatte, weil sie mich für viel zu spießig hielt.

Was meine Freundinnen anlangt, so habe ich mich schon frühzeitig im Loslassen geübt ohne dabei je in tiefe Trauer verfallen zu sein. Aber, ehrlich gesagt, ich wüsste gern, wie es ihnen später ergangen und was aus ihnen geworden ist!

Jedenfalls war ich nie ein Typ, auf den die Mädchen massenweise und verzückt abgefahren wären!
Deine Oma hat mich nach einiger Zeit der Besinnung zwar in milderem Licht gesehen, aber zumindest *eine* ihrer Herzhälften hat doch zeitlebens mit mir und meiner Wesensart gehadert.

35. Wie haben Deine Eltern reagiert, als Du Deine erste Freundin mit nach Hause gebracht hast?

Von Elke-Marie und von Ursula haben sie nie erfahren! Hannelore stieß bei ihnen auf eine eher freundliche Gleichgültigkeit. Renate schien meinem Vater durchaus zu gefallen, aber diese Bekanntschaft hielt nur kurze Zeit. Wie sich allerdings meine Mutter ihre künftige Schwiegertochter ausmalte, habe ich nie wirklich in Erfahrung gebracht. Ihr schwebte vermutlich ein sehr häuslicher Typ vor, der mich in seiner Hausbackenheit in vorauseilendem Gehorsam widerspruchslos und aufmerksam versorgen und bedienen würde.

36. Wo hast Du Oma kennen gelernt?
Was hat Dir an ihr gefallen?

In einem meiner Bücher (*Mit dem Rücken zur Fahrtrichtung*) habe ich beschrieben, wie ich sie auf unglaubliche Weise kennen gelernt habe.
Es war im Sommer 1963 – auf dem evangelischen Kirchentag in Dortmund. Mitten im Gewühl der Menschen sah ich sie auf mich zukommen. Rotes Haar, wiegender Schritt, Minikleid! Wir blieben auf gleicher Höhe stehen und mir fiel nichts Besseres ein, als sie, die mir Entgegenkommende, zu fragen, ob sie

in die gleiche Richtung wolle wie ich. Im Nachhinein würde ich sagen, dass meine Frage nicht sonderlich intelligent, dafür aber in ihrer Einfalt irgendwie originell und erzählenswert war. Oma hat meine Frage bejaht und wir wurden ein Paar. Innerlich habe ich zu ihr so ungefähr gesagt: *Da bist Du ja endlich!*
Lieber Patrick, erwarte von mir nicht, dass ich nun dreist behaupten würde, es seien irgendwelche inneren Werte gewesen, die mir an ihr gefallen hätten! Nein, Deine Oma gefiel mir auf den ersten *Blick* – ohne ein Wort. Es war ihre Ausstrahlung. Ich wusste: *Sie* ist es!

37. Wie hast Du ihr gezeigt, dass Du sie mochtest?

Die Stadt Dortmund war damals für Deine Oma nur eine Zwischenstation. Sie wollte weiter in ein Zeltlager der Deutschen Reform-Jugend ins Fränkische. Wir hatten bald freudig überrascht herausgefunden, dass wir beide in West-Berlin wohnten und da Deiner Oma der mitgebrachte Koffer als viel zu schwer und unhandlich für das Jugendlager erschien, bat sie mich vertrauensselig, ihn bei ihren Eltern in Neukölln, in der Warthestraße 1-2, abzuliefern. Ich willigte ein, erbat jedoch im Schein der erleuchteten gelben Telefonzelle eine angemessene „Entlohnung" für meine Dienste. Deine in dieser Frage ein wenig begriffsstutzige Oma hielt mich für entsetzlich „materialistisch" eingestellt, aber es half ihr nichts! Ich zog sie an mich und küsste sie. Mehr hatte ich doch gar nicht gewollt!

38. Weißt Du noch, was Ihr bei Eurer ersten Verabredung gemacht habt?

In Liebesfilmen muss ja im Fernsehen heute „alles" innerhalb von 90 Minuten geschehen. Die Anbahnung und Entwicklung einer Freundschaft bis hin zum ersten Kuss und seinen Zutaten. Wir hasten also durch die Zeit! Oft bin ich gespannt, wie lange es wohl „diesmal" dauern werde, bis sie einander fragen: „Gehen wir nun zur Dir oder zu mir?" oder sagen: „Du bist das Beste, was mir je passiert ist" – oder ähnlich intelligent.
Ich gab damals brav den mir anvertrauten Koffer im ersten Stock des Hauses Warthestraße 1-2 ab und Omas Mutter war pfiffig genug, mich spontan zu fragen, ob ich nicht Gast des nächsten Hausmusikabends im Familienkreise sein wolle. Eigentlich war es gar nicht mehr nötig, das Lasso nach mir auszuwerfen, aber das konnte sie ja nicht so genau wissen! Ich nahm die Einladung schmunzelnd an und war vom geselligen Leben der Familie Rückert seltsam angetan. Da wurde musiziert und getanzt, gesungen, gewandert und gespielt: Alles erschien mir fröhlich, vielleicht ein wenig hektisch – vor allem aber ausgelassen und laut!
Weitere Verabredungen mussten Deine Oma und ich immer schon weit im Voraus treffen; denn in meinem Elternhaus gab es noch längst kein Telefon!
Wir waren des Öfteren mit meinem Paddelboot unterwegs, das in der Nixe-Bootswerft am Kleinen Wannsee untergestellt war und uns vor seinem Untergang anfangs noch sicher über das Wasser trug. Die direkte Sonneneinwirkung im ungeschützten Boot auf dem Wasser war für Deine Oma mit ihrem roten

Haar und ihrem zarten Teint jedoch eine gefährliche Herausforderung!

Noch heute erinnert sie mich gelegentlich daran, dass wir oft unter den Bäumen eines Parks unweit vom U-Bahnhof Thielplatz saßen und ich ihr voller Stolz ein *Vivil*-Pfefferminz (für einen Groschen die Stange!) spendierte. Es war schon rührend, wie wir uns Beide ohne jegliche materielle Berechnung darüber hinweg setzten, dass wir nur wenig Geld in der Tasche hatten und im Blick auf unsere beruflichen Zukunftsaussichten noch völlig in der Schwebe hingen.

Für Studienreferendare gab es bis 1970 eine dreijährige Wartezeit und wir hatten uns damit abgefunden, nach meinem Studienabschluss Richtung Kassel zu ziehen. Niemand konnte ja ahnen, dass diese Warteliste genau zu jenem Zeitpunkt aufgelöst werden würde, als ich mein Referendariat antrat!

39. Wo und wie hast Du Oma den Heiratsantrag gemacht?

Wir haben uns im März 1967 verlobt. Das genaue Datum ist im Innern meines Trauringes eingraviert, aber dieser ist seit langer Zeit mit meinem rechten Ringfinger derart stark verwachsen, dass ich ihn gar nicht mehr abziehen kann. Selbst bei meinen beiden Operationen unter Vollnarkose musste er dran bleiben!

Damals besaß ich einen Ratgeber mit dem Titel *Einmaleins des guten Tons*. Darin konnten wir nachlesen, wie der angehende Bräutigam den Brautvater um dessen Einverständnis bitten sollte, dem beabsichtigten Heiratsversprechen der Brautleute zuzustimmen. Wir haben daraus eine nahezu

bühnenreife Theateraufführung gemacht, bei der meine künftigen Schwiegereltern in glänzender Spiellaune mitmachten.
Nachdem Deine Oma im August 1966 nach anderthalbjähriger Trennung wieder zu mir zurückgefunden hatte, entwarfen wir alsbald gemeinsam unsere Zukunftspläne. Ja, wir wollten heiraten – aber erst *nach* meinem Zweiten Staatsexamen! Ja, wir wollten Kinder haben – am liebsten eine halbe Fußballmannschaft! Am Ende heirateten wir bereits zwei Jahre *vor* meinem Schlußexamen im Jahre 1970, nämlich am 23. bzw. 25. August 1968, und nachdem unsere *beiden* Kinder durch Kaiserschnitt zur Welt gekommen waren, zogen wir, was einen weiteren Kindersegen anlangte, beizeiten die Notbremse. Ich wollte nämlich über allem unbedingt Deine Oma behalten!

40. Wo habt Ihr geheiratet?
Wie lief Euer Hochzeitstag ab?

Am 23. August 1968 fanden wir uns im *Standesamt Neukölln* ein. Unsere beiden Väter waren die Trauzeugen. Am Nachmittag haben wir als frisch vermähltes Paar meine Großmutter in Spandau besucht. Sie war an den Rollstuhl gefesselt und wir wollten sie am Geschehen teilhaben lassen!
Die kirchliche Hochzeit fand am Sonntag, den 25. August 1968, in der Paul-Gerhardt-Kirche in Alt-Schöneberg statt, wo uns Pfarrer Dr. Jürgen Boeckh traute. Wir waren in der Warthestraße 1-2 in eine Taxe eingestiegen und nachmittags in der Hauptstraße vorgefahren. Während des Traugottesdienstes sang

die *Alt-Schöneberger Kantorei* und *Ingrid Tietsch* spielte mit ihrem Blockflötenkreis der Volksmusikschule Steglitz. Die Hochzeitsfeier fand im Ratskeller des Rathauses Berlin-Schmargendorf statt. Deine Oma spielte übrigens in ihrem Hochzeitskleid Klavier! Wir waren insgesamt 20 Personen, acht von jeder „Seite" und vier „Neutrale", zu denen auch Jürgen Boeckh gehörte. Mein Schwiegervater hatte ein Senatsdarlehen von DM 3.000,-- aufgenommen, damit unsere Hochzeit überhaupt finanziert werden konnte. Im Vorfeld hatte es bittere Auseinandersetzungen zwischen mir und meinen Eltern gegeben, da mein Vater darauf bestanden hatte, die Liste der einzuladenden Gäste zu erweitern. Das junge Brautpaar jedoch war nichts als bettelarm und so konnten wir ihm diesen Wunsch nicht erfüllen – was wiederum zu familiären Zerwürfnissen führte. Hätte sich mein Vater an den Kosten beteiligt oder entstehende Mehrkosten verauslagt, hätten wir ja miteinander reden können! Wie hatte es überhaupt zu diesem Zwist kommen können? War das ein gutes Omen? Wenn ich es recht bedenke, stand unser Hochzeitstag atmosphärisch unter keinem guten Stern! Ich fühlte mich in die Enge getrieben und gedemütigt. Ich hatte diesen Tag schon im Vorfeld als ungemein stressig empfunden und erinnere mich an ihn mit zwiespältigen Gefühlen. Wäre eine Feier in unseren Gemeinderäumen vielleicht kostengünstiger gewesen?

41. Habt Ihr eine Hochzeitsreise gemacht?

Ja – wir sind, vermutlich mit der Eisenbahn, an den Ossiacher See nach Österreich gefahren und haben uns dort bei Wirtsleuten einquartiert, die uns von meinen Eltern empfohlen worden waren. Wir fühlten uns wenig mobil, da wir auf öffentliche Verkehrsmittel angewiesen waren. Die Unterkunft, Übernachtung mit Frühstück, war spartanisch einfach und auf unser schmales Budget zugeschnitten. Ich bin sicher, dass wir ständig rechnen und uns genau überlegen mussten, welche Ausgaben wir uns von Tag zu Tag leisten konnten.

Wir hatten keinen Ehevorbereitungskurs besucht und zuvor auch keine Chance gehabt, gemeinsam unter einem Dach zu wohnen und uns aneinander zu gewöhnen. Als Mitglied der Deutschen Reform-Jugend war Deine Oma damals Vegetarierin und auf unserm Polterabend wurde uns von einem ungefragten Schwarzseher eine nur kurze Dauer unserer Ehe prophezeit. Ich gab zu bedenken, dass alles noch viel schlimmer um uns stehen könnte: man stelle sich vor, meine Frau wäre dunkler Hautfarbe und katholisch! Dann hätten wir gleich drei Probleme auf einmal! Wie die Dinge stünden, hätten wir glücklicherweise jedoch nur eines! Deine Oma *blieb* Vegetarierin und *ich* bekam ein Stück Fleisch oder Fisch serviert, wenn immer ich Appetit darauf hatte. So einfach ist Toleranz!

Unsere Hochzeitsreise hat bis auf den heutigen Tag kaum bleibende Erinnerungen bei uns hinterlassen.

Wenn ich Deine Oma nach Highlights unserer Urlaubserlebnisse frage, dann antwortet sie spontan, es seien die kanadischen Rocky Mountains gewesen! Bei mir ist es „unsere" kleine finnische Insel im Saimaa-See – ganz einsam gelegen, schroffe Felsen, nur mit dem Ruderboot erreichbar. Hier saßen wir abends oft

still nebeneinander und waren in unsere Fachbücher vertieft.
Da unser Wohnhochhaus in der Mellener Straße 1 in Berlin-Lichtenrade erst mit einiger Verzögerung fertig gestellt werden konnte, mussten wir nach unserer Rückkehr aus Österreich noch für ungefähr sechs Wochen in meinem alten Zimmer in der Heilbronner Straße 29 wohnen. Pro Woche schaffte der Neuköllner Wohnungsbauverein damals 1½ Stockwerke und wir warteten sehnsüchtig darauf, dass die Platten möglichst schnell bis zum 17. Stockwerk hochgezogen sein würden, so dass wir dann in eine Anderthalb-Zimmer-Wohnung, im 15. Stockwerk nach Nordost gelegen, einziehen konnten. Nur wir Beide! Unser gemeinsamer Anfang! Weiter Blick vom Balkon bis nach Schönefeld und hinüber zu den Müggelbergen. Von West-Berlin aus bis tief hinein in unbekanntes Land! Wenn ich Deine Oma umarmte, war ich einfach nur glücklich! Daran hat sich bis heute nichts geändert!

42. Bist Du von Deinen Eltern aufgeklärt worden? Wie haben sie das gemacht?

Meinen Eltern war es wohl peinlich, über Sex und Kinderkriegen zu reden. Vermutlich hätte ich mich einer Unterhaltung mit ihnen über dieses Thema auch verweigert.
Ich stelle mir manchmal vor, ich würde bei einem öffentlichen Interview herausgefordert, über intime Dinge zu reden. Ich würde dies strikt ablehnen und zwar mit dem Hinweis, dass hier die rote Grenzlinie überschritten werde. Es gebe Fragen, die nur meine Frau und mich etwas angingen und sonst niemanden, –

obwohl es da im Grunde genommen ja gar keine biologischen oder physischen Heimlichkeiten oder Besonderheiten gibt, die für Überraschung sorgen würden.

Manchmal geben wir uns als Gesellschaft prüde. Ich kann sagen, dass mich Nacktszenen im Film oder auf der Theaterbühne oder die Darstellung menschlichen Paarungsverhaltens unter Begleitung lustvollen Stöhnens in der Regel abstoßen. Ich komme mir dann vor wie ein *Spanner,* vor dem alle Intimitäten geschmacklos plattgewalzt werden.

Ein Filmkuss in meiner Jugendzeit löste im Publikum stets Lachsalven aus und wurde mit dem spöttischen Ruf „Halbzeit!" quittiert.

Wenn sich zwei Menschen lieben, braucht mir das nicht mit dem Holzhammer nahe gebracht werden. Ich bevorzuge eher die dezenten und diskreten Hinweise!

Andererseits schaue ich mir gern gelungene Skulpturen oder Gemälde mit nackten Körpern an, sofern diese ästhetisch gefällig dargestellt sind. Sie wirken auf mich in ihrer natürlichen Stille und das ist mir genug.

Aufreizende Erotik und Entkleidungsszenen sind mir dagegen zuwider, insbesondere, wenn ich die plumpe Absicht dahinter erkenne.

Um auf Deine Frage zurückzukommen: Ich habe die kleine Schrift von *Theodor Bovet,* einem Schweizer Autor, mit dem Titel *Von Mann zu Mann* gelesen – heimlich natürlich!

Ich glaube, ich weiß inzwischen, wie sich echte Liebe anfühlt und wir Menschen werden dann genau *das* tun, was unserer Natur entspricht.

43. Wolltest Du immer schon Kinder haben?

Ja, natürlich!
Wir wünschten uns von Anfang an gemeinsame und vor allem gesunde Kinder, aber als wir heirateten, wäre es vermessen gewesen, mit Bestimmtheit sagen zu wollen, dass unser Wunsch auch in Erfüllung ginge!
Was stand im Falle von Komplikationen während der Schwangerschaft im Vordergrund? Das Wohl der Mutter oder das der Kinder? Da gibt es, abhängig vom jeweiligen christlichen Bekenntnis, nämlich durchaus unterschiedliche theologische Auffassungen.
In erster Linie war mir an meiner Frau, an Deiner Oma, gelegen! *Sie* hatte ich geheiratet und mit *ihr* wollte ich gemeinsam alt werden! Wären uns gemeinsame Kinder versagt geblieben, so wäre dies für uns mit Sicherheit kein Trennungsgrund gewesen! Niemals!
Beide Kinder kamen durch einen Kaiserschnitt zur Welt. Deine Oma hat viel riskiert, aber sie hat überlebt!
So blieb es am Ende bei zwei Kindern und diese haben unser Leben wunderbar bereichert und vertieft!
Ich habe mich als Vater und als Großvater bemüht, stets mein Bestes zu tun; aber ich kann nicht mit Bestimmtheit sagen, dass *mein* Bestes – objektiv gesehen – auch richtig und genug gewesen sei.
Es gibt zahlreiche Berufe und Tätigkeiten, bei denen der Erfolg des Bemühens sofort erkennbar wird. Du schmeckst es beispielsweise auf Anhieb, ob ein Essen gelungen oder versalzen ist!
Eltern und Erzieher jedoch gleichen Piloten im Blindflug und quälen sich oft ewig mit der Frage, ob sie richtig gehandelt oder etwas versäumt haben. Weder können wir unsere Kinder nach unserm Geschmack formen

noch können wir exakt die Ziele bestimmen, die am Ende der gemeinsamen Wegstrecke erreicht werden sollen. Demut ist allerorten angesagt und sehr viel Geduld – auch mit sich selbst!

44. Weißt Du noch, wann Du erfahren hast, dass Du zum ersten Male Vater wirst?

Deine Mum ist am 18. Juni 1974 mit ungefähr zwei Wochen quälender Verspätung geboren worden. Rechnen wir einmal ab Anfang Juni acht Monate zurück, dann kommen wir so ungefähr auf jenen Termin, an dem Deine Oma definitiv erfahren haben dürfte, dass sie im zweiten Monat schwanger war.
Ja, ich erinnere mich noch ganz deutlich an die frohe Botschaft!
Anfang Oktober 1973 nämlich stiegen wir nach einer Chorprobe der Alt-Schöneberger Kantorei an einem herbstlichen Mittwochabend auf dem Parkplatz der Kirchengemeinde in der Hauptstraße in unsern VW-Käfer und wollten zur Heimfahrt nach Lichtenrade aufbrechen. „Na, dann starte mal den Motor, Du junger Papi," sagte Deine Oma zu mir. Ihre Augen strahlten und ich glaube, sie war gespannt, ob ich ihre Anspielung überhaupt verstehen und wie ich reagieren würde. Ich ließ den Schlüssel im Zündschloss stecken, umarmte Deine Oma mit großer Heftigkeit und konnte unser gemeinsames Glück kaum fassen! Immerhin waren wir ja seit über fünf Jahren verheiratet!
Meine Freude war damals umso größer als ich bereits Assessor des Lehramtes war und, materiell gesehen, für unsere kleine Familie würde sorgen können! Es schien, wie man so schön sagt, alles in trockenen

Tüchern. Wir waren zufrieden verheiratet und hatten eine Wohnung mit einem Fernblick, von dem wir noch heute träumen. Jeder von uns hatte nach harter Arbeit sein vorläufiges Berufsziel erreicht und wir konnten nun gemeinsam Verantwortung für unser Familienschiff übernehmen. Wir waren gut aufgestellt und nicht allein; denn wir wussten, dass unsere Eltern bzw. Schwiegereltern ungeduldig darauf warteten um Hilfe gebeten zu werden. Diese Rahmenbedingungen gaben uns ein Gefühl von Sicherheit.

Allmählich machte ich mir jedoch Sorgen; denn unsere Wohnung war mit lediglich 1½ Zimmern für drei Personen zu klein. Sie lag im 15. Stockwerk und im ungünstigsten Falle benötigte der Aufzug ganze 5 Minuten von unten nach oben und wieder nach unten. Ich hätte unser Kind da unten in der fernen Buddelkiste niemals sich selbst überlassen können! Also begann ich zu suchen und schließlich wurden wir als zahlungsfähige Mieter einer Maisonette-Wohnung im Nebelhornweg 13 akzeptiert. Ob Deine Oma allerdings je so richtig Frieden mit *dieser* Wohnung geschlossen hat, wage ich zu bezweifeln. Frage sie doch am Besten selbst!

45. Wie veränderte sich Dein Leben, als Du Vater wurdest?

Zunächst habe ich Deine Oma in einem ganz neuen Licht gesehen. Sie hatte ihr Leben riskiert und am Ende war die Geburt Deiner Mum ein dramatischer und riskanter Wettlauf mit der Zeit gewesen! Ich war dankbar dafür, dass mir meine geliebte Frau erhalten geblieben und uns eine hübsche Tochter als neue Erdenbürgerin geschenkt worden war.

Zum ersten Male in meinem Leben hielt ich einen echten kleinen Menschen in meiner linken Armbeuge, hörte seinen sanften Atem und lächelte über die blubbernden Schnalzlaute eines neugeborenen Kindes. Ein wohliges Gefühl durchströmte mich und ich wusste, dass nun eine Bindung auf Lebenszeit beginnen sollte. Gegenseitige Bindung, Achtung und Verantwortung!

Aus einer gewohnten Zweierbeziehung sollte eine gestaltete Dreierbeziehung werden und mir war klar, dass es dabei auch auf *mich* ankam. Deine Oma konnte und sollte die Verantwortung natürlich nicht allein übernehmen müssen!

Mich irritierte jedoch ein ganz neuer Lebensrhythmus und ich hatte meinen Tag und meine Zeit völlig neu zu organisieren. Aufgabenteilung war angesagt!

Verabredungen konnten nur noch unter Vorbehalt getroffen werden und wer uns einlud, musste mit Verspätungen rechnen und diese ohne Groll hinnehmen!

Es ist müßig, zu fragen, wie unser Leben *ohne* Kinder verlaufen wäre. Es wäre gewiss schade gewesen! Es hätte dadurch zwar keineswegs seinen Sinn verloren, aber unsere Kinder haben es ungemein bereichert!

Plötzlich konnte ich im Chor der jungen Eltern mitreden und im Laufe der Zeit die Probleme und Herausforderungen der Eltern meiner Schüler viel besser verstehen!

Wenn ich ein wenig mutiger gewesen wäre, hätte ich damals gern mit Tandemsprüngen als Drachenflieger angefangen. Fliegen und Orgelspielen – diese beiden

Wunschträume sind für mich bis heute leider unerfüllt geblieben.

„Ein junger Familienvater gehört nicht an den Drachen!" entschied schon in den 70er Jahren *Konrad Hofer* aus *Hopferau* kategorisch. Ich war ihm stets dankbar für diesen strengen Rat; denn Verantwortung will auch gelebt werden – ohne Wenn und Aber!

46. Was ist das Schönste am Vatersein?

Vater werden ist nicht schwer, Vater sein dagegen sehr!

Ob der erste Teil dieser Volksweisheit immer ins Schwarze trifft?

Wenn zwei Menschen heiraten, dann müssen sie meistens, für meine Begriffe jedenfalls, nervende, weil aufdringliche Anspielungen auf einen hoffentlich nahe bevorstehenden reichen Kindersegen hinnehmen. Glücklicherweise wurden diese mich jedes Mal abstoßenden süffisanten Andeutungen in Bezug auf bevorstehende heiße Hochzeitsnächte auf unserer Hochzeitsfeier nicht weiter thematisiert und ich hätte sie mir auch innerlich verbeten, weil sie einzig und allein Deine Oma und mich betrafen und sonst niemand!

Bis heute empfinde ich unseren eigenen beiden Kindern gegenüber eine unaufhebbare enge Bindung; zu verschiedenen Zeiten war sie zugegebenermaßen einmal mehr, ein anderes Mal weniger stark. Diese

Bindung basiert auf gegenseitigem und konsequentem Vertrauen.

Natürlich kann, darf und soll niemand das Leben des Anderen leben wollen und schon gar nicht das der Kinder! Aber dieses unsichtbare Band zwischen Eltern und ihren Sprösslingen schafft eine einmalige Nähe und Vertrautheit, die mit dem Herzen genau zu spüren ist. Wir empfinden als Eltern sehr genau, wie es um unsere Kinder gerade steht. Wir spüren ihre Freude und ihre Traurigkeit und durchlaufen während ihrer Entwicklung einzelne Phasen unserer eigenen Lebensgeschichte. Diese Rückbesinnung auf eigenes Erleben schafft Verständnis für die jeweilige Befindlichkeit unserer Söhne und Töchter.

Vatersein ist ein riskantes Wagnis! Du willst alles richtig machen und weißt zugleich, dass Du doch nie perfekt sein kannst!

Du empfindest Freude und Kummer und Ängste Deiner Kinder nach. Du bangst mit ihnen und Du bist stolz auf ihre Erfolge.

Du willst Deine Kinder fordern und fördern und kennst doch nie das rechte Maß. Wann musst Du eingreifen und Farbe bekennen, wann stillhalten, einfach nur da sein und vieles gemeinsam und geduldig mit ihnen aushalten?

Welche Maßstäbe musst Du Dir selbst und ihnen setzen und wie breit müssen Deine Schultern werden um in heiterer Gelassenheit alle Herausforderungen zu meistern?

Vater sein hält Dich als Premierenveranstaltung in Atem; als Großvater kannst Du hingegen lässig nicken und sagen: „Alles schon da gewesen, kennen wir schon, muss wohl so sein!"

Darf ich es ein wenig pathetisch formulieren?
Wenn Du Kinder und Enkel hast und Dich gut mit ihnen verstehst, fühlst Du Dich nicht mehr so allein im Weltall!

47. Was sind Deine wichtigsten Tipps für eine gelungene Beziehung?

Vor der Beantwortung dieser Frage möchte ich mich am liebsten drücken; denn ich bin mir nicht einmal sicher, ob meine eigene Beziehung zu Deiner Oma wirklich in allen Phasen *gelungen* und ob sie mit mir durchgängig glücklich geworden ist.
Wir können nur schwer ausloten, ob und wie tief wir einen anderen Menschen lieben und niemals messen, ob die Liebe zweier Partner irgendwann einmal wirklich gleich stark gewesen ist oder je sein wird. Trotz dieser Vorbehalte möchte ich einige Gesichtspunkte zusammentragen, die der Beantwortung Deiner Frage dienlich sein könnten.
Mein Großvater mütterlicherseits hat meine Großmutter mit seiner Sekretärin betrogen und damit seine Ehe zerstört. Wäre er nicht 1934 an seiner Trunksucht gestorben, so hätten wir uns durchaus gegen Ende der 50er Jahre in der Depositenkasse P 15 der Berliner Commerzbank am Kaiser-Wilhelm-Platz begegnen können, wo ich damals Lehrling war und oft hinter dem Schalter stand. Er wohnte zuletzt in der nahe gelegenen Crellestraße. Ich hätte ihn nur allzu gern gefragt, ob er stolz auf seine Untreue gewesen oder ob ihm nachträglich nicht unwohl sei bei dem Gedanken, Frau und Kinder wegen einer Dreiecksbeziehung im Stich gelassen zu haben. Vermutlich hätte diese Provokation zu einem Fiasko geführt, weil er im

Schalterraum laut schreiend getobt hätte und ich meinen Ausbildungsplatz möglicherweise los gewesen wäre. Ich hätte ihn nämlich außerdem gefragt, welche nachhaltigen Werte denn die SA vertreten habe, in deren Uniform er sich hatte begraben lassen!

Eine Beziehung kann niemals auf der Basis von Untreue gelingen. Sie braucht *Treue!* Meine Eltern waren beim Tod meines Vaters 60 Jahre, meine Schwiegereltern beim Tod meines Schwiegervaters 53 Jahre lang verheiratet gewesen – jeweils in einer hingebungsvollen Treue, die über jeden Zweifel erhaben war.

Ich selbst habe Deine Oma im Jahre 1963 kennen gelernt und bin mit ihr seit 1968 verheiratet. Gemessen an möglichen Chancen, hätten wir einander –rein theoretisch gesehen – durchaus untreu werden können; aber wenn Du den Andern wirklich liebst und wenn Du für die Treue geboren bist, dann geht so etwas einfach nicht! Dein Gewissen würde Dir Einhalt gebieten! Niemals hätte ich die Hochs und Tiefs mit Deiner Oma noch einmal durchleben können! Wir sind Zeugen unserer Berufsfindung gewesen, haben Freud und Leid geteilt, zwei Kinder großgezogen und ein Stück gemeinsamer Geschichte geschrieben. Niemals wäre ich mit meinem schlechten Gewissen fertig geworden!

Auf der Basis unseres gegenseitigen *Vertrauens* konnten wir es uns freilich leisten, für andere Menschen zu schwärmen oder diese zumindest ungemein sympathisch zu finden. Wir haben uns gegenseitig viele *Freiheiten* gelassen, was die Ausgestaltung unserer beruflichen Tätigkeiten und die damit verbundenen Verpflichtungen betraf. Wir haben uns über den Erfolg des Partners gefreut und uns gegenseitig niemals etwas geneidet.

Ich glaube, es ist wichtig, dass wir die Gemengelage der Interessen immer vom Standpunkt des Anderen her betrachten und hier kommen die Begriffe des *Dienens* und der *Demut* ins Spiel. Voraussetzung für eine gelungene Beziehung ist die Einsicht, dass wir keine Ich-AGs sein dürfen, die unterwegs beliebig die Spielregeln zu eigenen Gunsten ändern dürfen um sich „selbst zu verwirklichen" und dabei den Partner und die Kinder um einen Teil ihrer Zukunft betrügen!

Ich glaube ohne Übertreibung sagen zu dürfen, dass wir – Deine Oma und ich – uns heute immer noch nach einander sehnen – aber genügt dieses Gefühl schon als Beweis dafür, dass eine Beziehung *gelungen* ist? Wenn Du mir die Kriterien einer gelungenen Beziehung verrätst, könnte ich mich um eine tragfähige Antwort bemühen!

Als ich mit Deiner Oma Anfang der 70er Jahre zum ersten Male mit dem Auto durch Kanada fuhr, überkam uns auf dem endlosen Trans-Canada Highway die Idee, doch einmal aufzuzählen, was wir aneinander so liebenswert fänden. Diese jeweilige Summe der Eigenschaften des Partners war am Ende jedoch bei weitem nicht das Ganze!

Eine gelungene Beziehung hat etwas Unerklärbares an sich – genau so wie die Liebe selbst. Mit der Liebe jedoch spielt man nicht, genau so wenig wie mit Menschen. Das ist eine Aussage Deiner Oma, für die ich ihr sehr dankbar bin!

Nachwort

Du wolltest von mir noch wissen, lieber Patrick, ob ich gläubig sei, ob sich meine Einstellung zum Glauben im Laufe der Jahre verändert habe und auf welche Weise.

Für Sonntag, den 28. 09. 2008, erhielt ich damals den Auftrag, in Zernsdorf bei Königs Wusterhausen am Tage des Erzengels Michael einen Predigtgottesdienst zu halten. Ich sollte also Unsichtbares sichtbar, Unerfahrbares erfahrbar und Unbegreifliches begreiflich machen. Vielleicht war die kleine Gemeinde am Ende mit mir zwar ganz zufrieden, aber eingeladen wurde ich seitdem trotzdem nicht mehr!
Ein feste Burg ist unser Gott, ein gute Wehr und Waffen... Dieses Lied Martin Luthers von 1529 singen die Protestanten am Reformationstag. Spiegelt es wirklich unser heutiges Lebensgefühl wider?

Aus mir wäre niemals ein wackerer Kreuzritter geworden mit dem Reiseziel *Einmal Jerusalem und zurück* oder gar ein glühender *Bonifatius*. Ich habe mich immer gefragt, ob ich je die Axt an die Donareiche gelegt oder mit welchen Zaubertricks ich, der Landessprachen unkundig, später die Afrikaner in Lambarene oder meinetwegen drei Breitengrade weiter missioniert hätte.

Wenn es den *allmächtigen* Gott gibt, dann ist er für *alle* monotheistischen Weltreligionen logischerweise der einzige Ansprechpartner; denn Allmacht ist unteilbar. Wenn wir allerdings vergeblich auf ihn warten sollten, dann bräuchten wir die Religionen nicht! Alle Gebete gingen dann nämlich weltweit ins Leere! Sag Du mir des Rätsels Lösung!

Oder denken wir an das Lied von Gerhard Teersteegen aus dem Jahre 1729: *Gott ist gegenwärtig.* In der dritten Strophe heißt es dort: *Wir entsagen willig allen Eitelkeiten, aller Erdenlust und Freuden.* Ach ja? Abgesehen von meinen inhaltlichen Bedenken ist es nicht einmal ein sauberer Reim!

Wie viele Menschen in unserer Nähe sind verleumdet oder schäbig verraten, um der *Erdenlust* willen gedemütigt und verlassen worden und dabei in den Strudel der Enttäuschungen geraten?

Wie teuer haben Menschen ihre abgrundtiefen Verstrickungen der Gottferne bezahlen müssen?

Glücklicherweise hast Du mich noch nie darum gebeten, Dir auch nur einen einzigen Satz des apostolischen Glaubensbekenntnisses schlüssig zu erklären. Es würde mich glatt überfordern!

Wir leben in einer Welt der Gegensätze und kommen ohne das Prinzip des Paradoxen nicht aus. Wir glauben *und* wir zweifeln mindestens zu gleichen Teilen, wir streiten *und* wir versöhnen uns, es gibt Krieg *und* Frieden, wir schonen *und* zerstören unsere Welt in einem Atemzug. Ich selbst liebe Erholungsphasen und bin doch stets rastlos.

Wenn alle diese Extreme gegen den Nullpunkt streben würden, dann wären die Welt und unser Leben vermutlich heil – oder etwa langweilig und fade?

Noch suche ich nach der blauen Blume, dem reinen Ton, dem goldenen Schnitt, dem Maß aller Dinge, der Antwort auf unsere Lebensrätsel.

Vor vielen Jahren stand ich auf der Höhe von *Brighton Pier* am Strand und war meiner einzigartigen und persönlichen Entdeckung der verbalen *Weltformel* ganz heiß auf der Spur, als just eine Welle ungefragt mein Hosenbein erwischte und ich erschrocken zurück sprang. Alles war im Nu vergessen und dahin!

Bin ich heute viel weiter mit meinen Erkenntnissen?

Ich werde mit meinem zweifelnden Fragen endlich aufhören, das verspreche ich Dir!

Kann ich aber nicht; denn ich bin viel zu neugierig!

Ebenfalls bei BoD sind von mir erschienen:

Wie ein Magnet   2007, 60 S.
ISBN 978 - 3 - 8370 - 1371 - 9
Dem Geheimnis der Weihnacht auf der Spur
2008, 60 S.
ISBN 978 - 3 - 8370 - 6586 - 5
Schule — Haus des Lernens 2009, 220 S.
ISBN 978 - 3 - 8391 - 0000 - 4
Mit dem Rücken zur Fahrtrichtung 2009, 60 S.
ISBN 978 - 3 - 8391 - 3010 - 0
Vom Baum der Erkenntnis kosten 2010, 60 S.
ISBN 978 - 3 - 8423 - 0683 - 7
Festhalten und Loslassen 2011, 60 S.
ISBN 978 - 3 - 8423 - 4408 - 2
Opa erzählt   2012, 60 S.
ISBN 978 - 3 - 8482 - 2780 - 8